Ulrich Erckenbrecht
Elefant Kette Fuß bunne
Ausgewählte Gedichtsel
Muriverlag

Mit herzlichen
Dank + Gruß,
Ulrich Erckenbrecht
2/3/2016

Hätte Pikdame statt Karozehn
den Buben genommen,
dann wäre vielleicht
alles anders gekommen.

(Ringelnatz)

Ulrich Erckenbrecht veröffentlichte unter anderem diese Bücher: Ein Körnchen Lüge, Aphorismen und Gedichte, 1973 (vergriffen); Ringelsternchen, Gedichte, 1984 (vergriffen); Katzenköppe, Aphorismen/Epigramme, 1995 (vergriffen); Die Unweisheit des Westens, 1998 (lieferbar); Divertimenti, 1999 (lieferbar); Die Geschichte vom Rotkäppchen, Erweiterte Ausgabe, 2000 (lieferbar); Shakespeares 154 Sonette in freier Übertragung, 2000 (lieferbar); Shakespeare Sechsundsechzig, Shakespeares Sonett Nr. 66 in 132 deutschen Versionen, Erweiterte Ausgabe, 2001 (lieferbar); Brief über Chopin, 2002 (lieferbar).

Bibliographische Information der Deutschen Bibliothek: die Deutsche Bibliothek verzeichnet diese Publikation in der Deutschen Nationalbibliographie; detaillierte bibliographische Daten sind im Internet über http://dnb.ddb.de abrufbar.

1. Auflage 2003
ISBN 392249420X

Satz und Druck: Grafische Werkstatt, Kassel
MURIVERLAG / Erckenbrecht, Im Weidengarten 19,
D-34130 Kassel

Titel- und Absichtserklärung

Das Buch „Elefant Kette Fuß bunne" vereinigt ausgewählte Gedichtsel, die ich von den 60er Jahren des vergangenen Jahrhunderts bis heute geschrieben habe.

So wie der Band „Divertimenti" meine Aphorismen aus rund dreieinhalb Jahrzehnten versammelt, so enthält dieses Buch Gedichtsel aus rund vier Jahrzehnten.

Gewisse Textüberschneidungen mit früheren und vergriffenen Büchern (vor allem mit „Ringelsternchen", „Katzenköppe" und „Ein Körnchen Lüge") sind nicht nur unvermeidlich, sondern geradezu beabsichtigt.

Die Gedichtsel aus den früheren und vergriffenen Büchern habe ich überarbeitet. Für viele Texte, die ich vor Jahren und Jahrzehnten geschrieben hatte, fand ich erst jetzt, wie ich denke und hoffe, die bestmögliche Form.

Wie die Leserschaft gleich beim ersten Blättern sieht, finden sich in diesem Buch auch Gedichtsel ohne Reim und ohne Metrum. Erst beim zweiten und dritten Lesen erschließt sich der spezifische Rhythmus, der diese Gedichtsel strukturiert und sie von reiner Prosa abhebt.

Wo meine Gedichtsel mit Reim und mit Metrum geformt sind, habe ich mir bisweilen ganz bewußt erlaubt, gegen die Reinheitsgebote von Reim und Metrum zu verstoßen. Wer Reim und Metrum beherrscht, darf das.

Der Buchtitel ist identisch mit meinem ersten Gedichtsel, das aus vier Wörtern bestand und das ich als zweijähriger Junge in meiner Geburtsstadt Heidelberg erfand.

Dort sah ich zum ersten Mal in meinem Leben einen Elefanten, der mit einer Kette am Fuß festgebunden war, und dieses eindrucksvolle Erlebnis inspirierte mich zu den Worten: „Elefant Kette Fuß bunne".

(Altes Lied)

Der alte
Balte
ohne Falte
krawallte
in der Spalte,
daß es schallte
und hallte.
Er krallte
und knallte,
bis der wohlbestallte
Rechtsanwalte
namens Malte
die Fäuste ballte –
was der Alte
da wohl veranstalte?
Da prallte
der wieder kalte
faltenlose Alte
zurück und lallte:
„Ich schalte
und walte
bei diesem Aufenthalte,
weil es mich überwallte,
aber nun, Malte,
verspreche ich dir beim Basalte,
daß ich anhalte".

Das schnallte
Malte, der Rechtsanwalte
aus Sachsen-Anhalte,
und wich vom Asphalte,
während der Alte,
bevor er davonwallte,
noch sprach: „Ich entfalte
und gestalte,
bevor ich veralte
und erkalte,
und Gott erhalte
mit seiner Gewalte
meine geballte
Gestalte".
Das walte
der Alte.

(Die Legende von der Entstehung des Buches „Traumzeit")

Für Hans Peter Duerr

Peter ist nervös geworden,
denn er war zu lang im Norden,
in dem Land, wo Wind und Regen
durch die grauen Städte fegen.

Ohne längeres Besinnen
fliegt er hexenhaft von hinnen.
Die Devise „Heil dich örtlich"
nimmt er antinördlich wörtlich.

In der Wildnis angelangt,
tut er, was sein Herz verlangt.
Wenn die Sonne scheint aufs Hirn,
nimmt er keinen Sonnenschirm.

Eingehüllt in dünne Tücher,
klappt er zu die dicken Bücher –
weg mit Hegel, Kant, Adorno,
her mit Wasser, Sand und Porno!

Doch die mörderische Hitze
treibt das Denken auf die Spitze,
und der Traum der Dialektik
wird verwirklicht ohne Hektik:

wo das Hirn zu kochen scheint,
werden Thesen neu vereint;
Statik und Begriff zerschmelzen,
um sich lustvoll umzuwälzen.

Peter fliegt beschwingt nach Hause
und schreibt in der Denkerklause
eine neue Theorie
über Mythos und Magie.

Jeder, der das Buch ersteht,
fühlt sich seltsam aufgedreht:
nicht mehr frierend und verhärmt,
sondern sonnenhaft erwärmt.

(Zeittraum)

Ich werde in meinem zweiten Leben
weiß Gott nicht oben im Himmel schweben.
Nein nein, ich habe wirklich genug
vom metaphysischen Schwalbenflug.

Ich würde gern zweimal leben auf Erden.
Gewiß, es kann wohl nichts daraus werden,
und dennoch spiele ich mit der Idee:
ich wünsche mich in ein Städtchen am See.

Und zwar will ich mir eines ausbedingen –
ich dürfte Kumpane dort unterbringen.
Wir möchten frei leben, und das meint:
in Glück und Frieden, lustig vereint.

Trübsal und Langeweile hätten wir keine
mit unserem Stadtschreiber Heinrich Heine.
Ringelnatz, Morgenstern, seine Kollegen,
wären um Einfälle nie verlegen.

Chopin wäre einer der Stadtmusikanten,
umhegt von erotischen Kaffeetanten.
Bach und Mozart und Schubert und Brahms
spielten achthändig den neuesten Krams.

Lichtenberg, Lec und Fackelkraus
wohnten vergnügt im gleichen Haus.
Sartre, Adorno, Russell und Bloch
stritten sich dauernd und schätzten sich doch.

Tage ohne den Bertolt Brecht
wären Wolf Biermann gar nicht recht,
ebenso wie es für den Voltaire
ohne Diderot nur halb so schön wär.

Um die Geliebte von Obelix
würbe Casanova mit einem Knicks.
Wir und ihr und ich und du
schauten mit seligem Lächeln zu.

(Glück der Welt)

Jonas hat im Restaurant,
weil es so verlockend klang,
ein Menügericht bestellt
mit dem Namen „Glück der Welt".

Auf dem Speisekartenwisch
steht verzeichnet: „Heute Fisch".
Bald liegt vor ihm auf der Platte
das, was er geordert hatte.

Jonas stutzt, er ist verdutzt,
sein Besteck bleibt unbenutzt.
Teufel! Ein so großes Vieh
scheint verschroben irgendwie.

Dieses Tier schwamm nicht im Rhein,
nicht im Tiber, nicht im Main,
gleichfalls nicht im Amazonas,
denn es ist ein Wal, merkt Jonas.

Sinnlos ist sein Reklamieren,
Wale kann man nicht stornieren,
und der Kellner sagt verstockt:
„Löffel, was du eingebrockt".

Kaum hat er das Tier verschluckt,
peinigt's ihn. Sein Magen zuckt,
muckt und ruckt. Er scheint perdü,
schrecklich zwickt das Fischmenü.

Was im Bauch liegt schwer und tief,
flieht letztendlich eruptiv.
Dem Gourmet seitdem mißfällt
alles Speiseglück der Welt;

Jonas wählt nun konsequent,
was auch jeder Bauer kennt,
und beachtet die Moral:
wer den Wal hat, hat die Qual.

(Fußnoten)

Höret die Lappalie:
seufzen tat Amalie.

Aus den beiden Augen rann es,
alles wegen eines Mannes.

Dieser nannte sich Hans Pampel,
und er war ein Psychotrampel.

Nicht nur an der Unität
kam er immer viel zu spät,

sondern auch zum Rendezvous,
denn er hatte schlechte Schuh.

Statt bequemlicher zu laufen,
mußte er ein Lehrbuch kaufen;

dünn war das Stipendium,
dick war das Kompendium.

Folglich schlurfte der Vandale
nur mit einer Filzsandale,

und es grübelte sein Liebchen:
„Wie beschuhe ich das Bübchen?"

„Hänschen Pampel", sprach sie schließlich,
„glaub mir, es ist unersprießlich.

Lerntest du mit Fleiß unbändig
diesen ganzen Band auswendig,

könnte ich danach in Ruhe
aus dem Leder machen Schuhe".

Pampelhänschen rief: „Herrje,
welche glänzende Idee",

und er zog vom Leder gleich
einen kühnen Denkvergleich,

schrieb ein hochgelehrtes – huch –
tausendfußnotiges Buch,

dessen Titel lautet schlicht:
„Schuh und Du". Warum auch nicht?

(Dreck am Stecken)

Diogenes liegt in der Tonne,
der Welt zum Trotz und ihm zur Wonne.
Er rührt sich nicht und wäscht sich nicht,
der Dreck verkrustet sein Gesicht,
denn so verachtet er die Welt,
die etwas auf ihr Äußres hält.

Doch eines Tages naht ein Weib
mit einem äußerst schönen Leib.
Sie bringt ihn aus der Seelenruhe
und lächelt so. Ob mit Getue?
Das weiß er nicht, der Philosoph.
Er weiß nur: nichts tun wäre doof.

Geschwinde rappelt er sich auf,
der Schmutz der Kleidung hemmt den Lauf
und überzieht ihn mit Gestank.
Er sinnt auf Hilfe, Zeus sei Dank,
und er entrafft sich dem Gehöse,
und er umwirbt sie mit Getöse.

Doch auch des nackten Leibes Duft
erfüllt den Raum mit übler Luft.
Zu lange war er nicht gewaschen,
und selbst mit einem kleinen, raschen
Geschüttel ist es nicht getan.
Sie fühlt nichts für den Drecksgalan.

Bestimmt nichts, darauf tut sie schwören,
und wer nicht fühlt, kann nicht erhören.
Sie kann ihn absolut nicht riechen.
Er muß in seine Tonne kriechen
und schreibt in sein Geheimarchiv:
oh welch Erlebnis, voll von Mief.

(Elegie in Manila)

Ich steh so schief in dieser Welt,
gekrümmt und müd, der Weg verstellt.
Ich wollte aufrecht da hindurch,
nicht wie ein glatter, platter Lurch.
Es ist mir nicht sehr gut bekommen,
die Traurigkeit macht mich benommen.

Zwar ist nur weniges mein Ziel,
doch dieses wenige ist viel:
ein Frauenarm, der mich umschlingt
und mir zum Leben Freude bringt,
ein Arbeitsfeld, das mich ernährt
und Eigenwilligkeit gewährt,

ein Land, wo Freiheit hat das Sagen
und wo die widerlichen Plagen
modernen Menschseins nicht regieren,
wo Bomben nicht mehr existieren,
wo man nicht mürbe wird und krank
durch Hunger, Armut, Lärm, Gestank.

Ich reise auf dem Erdenball –
die Übel sind schon überall.
Die ganze Welt ist eingezäunt,
der Mensch ist nicht des Menschen Freund.
Ich schmeiße weg mein Glas Tequila
und flüchte aus der Stadt Manila.

(Schlechte Europäer)

In den Ländern Großeuropas
trifft man manche dieser Opas,

die sich im Café erwärmen
und vom Europäer schwärmen.

Alles andre, so ihr Motto,
gleiche einem Hottentotto,

Schwarze, Braune und die Gelben
seien platterdings dieselben,

und sie eifern auf dem Diwan
gegen den horriblen Iwan.

Ihr Prinzip: „Wat is der Mensch,
wenn nich westlich-abendländsch?"

Kommt man ihnen etwas näher,
merkt man, diese Pharisäer

kennen nichts von all den Sachen,
die Europas Ruhm ausmachen.

Shakespeare, Rabelais, Cervantes,
ebenso die Werke Dantes,

Kepler, Swift, Balzac, Cézanne,
Leonardo, Thomas Mann,

Galilei, Brecht und Kant
bleiben ihnen unbekannt.

Also schweigt, Gedankentändler,
und singt keine Abendländler!

(Erinnerung an den Bertolt B.)

Es war im Jahre Neunzehnhundertsechzig
an einer alten, grauen Schülerbank,
da las ich, statt dem Unterricht zu folgen,
Gedichte (Brecht!), in denen ich versank.
Doch über mir im trüben Klassenzimmer
war eine Hand, die sah ich lange nicht;
sie war sehr kräftig, grob und ziemlich knochig,
und als ich aufsah, schlug sie mein Gesicht.

Seit jenem Tag sind viele Jahr vorüber,
der Lehrer ist wohl jetzt ein Pensionär.
Gedichte aber von dem Bertolt Brecht,
die las ich weiter und noch vieles mehr.
Auch die Geschichte der Erinnerung
an Marie A., die kannte ich genau,
denn eine Wolke wurde dort beschrieben:
sehr weiß, sehr hoch, sie schwand dann rasch im Blau.

Doch das Gefühl der Wolke spür ich nimmer.
Ich weiß: geheimnisvoll war dieser Vers.
Heut aber denk ich gleich an jenen Lehrer,
der mich hart schlug und sagte: So, das wär's.
Vielleicht steht meine alte Bank noch immer,
und jener Lehrer schlägt sein Enkelkind –
der Wolkenvers, der lebte nur Minuten,
und als ich aufsah, starb er schon geschwind.

(mühle)

es klappert die mühle am rauschenden bach
klipp klaps
bald bist du hinüber
über den bach
gerädert
im eimer
im altbrunnen
in der knochenmühle
hört man dein unheimliches rufen?
dir klappern die zähne
sie mahlen dich schon hinein
oh wie das klappt
ein mühlrad dreht sich dir im kopf herum
du wirst aus alledem nicht dumm
nicht krumm nicht stumm
du wirst es ihm zeigen
dem lärmenden ungeheuer
ihm klipp und klar sagen
halt die klappe
steh still
mühle zu

(Jägerlatein)

Es sah so aus, als gäb's
zum Mittagessen Krebs.

Man rückte aus, zu fangen
manch einen von den langen,

behenden, großen Krebsen
samt ihren hübschen Kebsen.

Jedoch die Krebsengruppe
versalzte uns die Suppe.

Sie floh zu einem Stein
und buddelte sich ein.

Und als man selber buddelte
und kuddelte und muddelte,

da kam ein Maulwurf raus
und sprach: „Ei Donner Graus,

Sie können hier nicht schürfen.
Warum? Weil Sie nicht dürfen.

Ich bin im Untermietverein.
Drum lassen Sie das sein".

So gab es heute nur
Konservenzeugmixtur.

(Nachklänge)

Leise flehen meine Lieder.
Lose schlottern deine Glieder.
Lieber sag ich's dir mit Flieder.
Leder mögen meine Freier.
Lausig flöhen mich die Diebe.
Lauter fluchen unsre Geier.
Lumpig tönen deine Hiebe.
Ledig tanze ich mit Meier.
Leidlich säuselt deine Liebe.
Läuse flechten meine Haare.
Leda säugt die kleinen Schwäne.
Lieblich zausen mich die Jahre.
Lose fallen alle Späne.
Leidig schneiden mich die Paare.
Lustlos rollt die laue Träne.
Langsam rutschen meine Mieder.
Locker spring ich auf und nieder.
Leider heiße ich Aida.

(Globetrotter)

Es waren einmal zwei Schnecken,
die wollten nach Nepal trekken.
Bei Altona überholten sie
zwei schrecklich müde Ameisen, die
sich die wunden Füßlein kühlten
und nichts mehr vom Reisen hielten.
Die Ameisen sprachen: „Das geht zu weit,
kehrt um, noch ist es Zeit!"
Da sagten die zwei Schnecken:
„Ihr könnt uns am Häuschen lecken,
wir müssen zum Mount Everest,
dort gibt es morgen ein Bergsteigerfest,
wir sind dazu eingeladen,
die Schneemenschen backen uns Fladen".
Die Ameisen riefen verzückt:
„Ihr seid ja auch verrückt" –
und verzichteten still und leise
auf die geplante Rückreise.

(Kleine Idylle)

Maunzelchen, so heißt die Katze,
Purzelchen, so heißt der Hund,
und sie schließen mit Geschmatze
einen festen Lebensbund.

Immer dann, wenn sie miaut,
schnuppert er an ihrer Haut,
züngelt, kost, mit einem Satz:
was er tut, ist für die Katz.

Umgekehrt: auf sein Gebell
hüpft sie in sein Bettgestell,
und mit etwas Tatzenschwung
ist das nur ein Katzensprung.

Maunzel, Purzel, zart gepaart,
leben nicht wie Hund und Katze.
Diese alte Redensart
ist hier wirklich nicht am Platze.

(Als flögest du nach Haus)

Hör mal, kleiner, gelber Falter,
du bist bald schon in dem Alter,
wo sie kommen, deine Häscher,
mit dem großen, weißen Käscher.

Taumelding, so flieg doch fort,
such dir einen andren Ort.
Wenn du deine Flügel spannst,
wirst du sehen, was du kannst.

Oder willst du etwa dies:
sterben in dem Glasverlies,
das sie dir zu Ehren rüsten,
weil sie glauben, daß sie müßten?

Spute dich, die Zeit verrinnt,
sei nicht flatterhaft, mein Kind.
Sieh, es schmettert, glitzert, prunkt –
glücklich, fern ein gelber Punkt.

(Fragen an Odysseus)

Blutiger, grausamer Sühner,
war es denn nötig, die Freier,
auch wenn sie praßten wie Geier,
abzuschlachten wie Hühner?

Mußte der Frauen Geschick,
die sich in deinem Garten
kichernd mit ihnen paarten,
enden an einem Strick?

Warum hast du dem Knecht
wider alles Gewissen
Schamteile ausgerissen,
nur weil er falsch war und schlecht?

All das berichtet der Text.
Herrscht, wo das Rettende wächst,
immer die harte Gewalt?
Gibt es im Kreislauf kein Halt?

(Diskussion zwischen Pessimo und Optimo)

„Wovon man träumt, da wird nichts draus,
der Wind zerzaust das Kartenhaus,
der Rausch verfliegt, die Katze jammert,
man hängt im Fels, die Hand verklammert".

„Was malst du alles grau in grau?
Die Welt ist bunt, und ist man schlau,
dann zwingt man es, das spröde Glück,
und fliegt es fort, holt man's zurück".

„Sei objektiv und nicht naiv,
der Segen hängt im Welthaus schief,
der Urteilsspruch ist längst verkündet,
die Bomben sind bereits gezündet".

„Die Lunten können wir noch kappen,
wir brauchen nicht verzagt zu jappen,
du legst die Hände in den Schoß,
du zäher, träger Trauerkloß".

(Legende aus Schalkiticki)

„Mönchisch leben, das frustriert,
wenn man sich nicht verlustiert,

und das beste Beispiel habt
ihr am Kloster", sprach der Abt.

Alle jauchzten und frohlockten,
die sonst in den Zellen hockten.

Sie verkündeten mit Pathos
von dem hohen Berge Athos:

„Dieses strenge Zölibat
ist, genau genommen, fad".

Ringsum auf dem Bergesgipfel
bauschten sich die Kuttenzipfel.

Man verehrte, statt Jehova,
nunmehr lieber Casanova,

und man freute sich voll Wonne
auf ein Plätzchen an der Nonne.

(Don Quichotte)

Aus mir ist nichts geworden,
ich trage keinen Orden
und sitz auf keiner Pfründe.
Oh Schande, Schmach und Sünde!

Stattdessen hock ich faul
auf meinem Jammergaul
und räkele mit Fleiß
im Sattel meinen Steiß.

Wo soll das bloß noch enden?
Wer wird mir Essen spenden
und mir ein Weinchen keltern?
Schon wieder meine Eltern?

Ich pfeife drauf Dumdidel
und streiche meine Fiedel
und pfeife Dideldum
und kümmer mich nicht drum.

(Wie das Einsundeins in die Welt kam)

Es traf einmal, ich weiß nicht wer,
ein Irgendjemand einen Bär.

Ich weiß nicht wo, ich weiß nicht wann;
das Weitere, das weiß ich dann.

Der Bär schien nämlich leis zu sprechen
und düster sinnend radzubrechen:

„Aus eins mach zwei, aus zwei mach drei,
und fehlt noch was, dann gib was bei".

Das dunkle Brummen Meister Petzes
klang wie die Stimme des Gesetzes.

Und hätte man nicht so vor Jahren
aus diesem Bärenmaul erfahren

das klitzekleine Einsundeins,
dann hätten wir noch heute keins.

(Übersetzung von Luise Labés zweitem Sonett)

Oh braune Augen, oh Blicke abgewendet,
oh heiße Seufzer, Tränen, still vergossen,
oh schwarze Nächte, sehnsuchtsvoll verflossen,
oh helle Tage, fruchtlos, leer geendet.

Oh Wünsche, die mein traurig' Herz bejammert,
oh Zeit, verloren, schmerzend, voll Entsetzen,
oh tausend Tode rings mit tausend Netzen,
oh schlimme Qualen, die ihr mich umklammert.

Oh lächelndes Gesicht, oh Arme, Hände,
oh Geige, Bogen, Lieder ohne Ende:
so viele Feuer, die von Liebe singen!

Dich klag' ich an, der diese Feuer schürt,
daß du nicht liebst, wie's mir gebührt:
kein Funke konnte auf dich überspringen.

(Ei der daus)

Auf einmal tickt ein Ei.
Verfassungsschutz eilt herbei.

Man hört es ab, das Objekt,
zu wissen, was in ihm steckt.

Während die Technik surrt,
enthüllt sich die Ausgeburt

und findet zum Piepen das Ganze.
Vergebens lauschte die Wanze.

Verfassungsschutz stammelt „Ei, ei"
und läßt das Küken frei,

verhaftet jedoch das Mutterhuhn,
um wenigstens etwas zu tun.

Und der Vaterhahn
trinkt vor Ärger Lebertran.

(Honigmond)

Die Frau im Mond, ein junges Weib,
benötigt einen Zeitvertreib.

Sie reitet auf Kometenschweifen
und will nach allen Sternen greifen.

Wenn sie mal muß, benutzt sie praktisch
ein schwarzes Loch, das spült galaktisch.

Sie krault Saturn die Rettungsringe,
als ob sie fette Frösche finge,

und spricht zum Jupiter: „Na Jupp,
schenkst du mir eine Sternenschnupp?"

Mit ihrer Kunst „Amandi ars"
entwaffnet sie sogar den Mars.

Dem Mann im Mond wird das zuviel.
Er geht zur Venus ins Exil.

(Das Kurkonzert)

Der Geiger sägt an seinem Strunk,
der Gitarrist macht plunkiplunk.

Der Pianist ist flügellahm,
der Harfenist zirpt seinen Kram.

Der Posaunist und der Trompeter,
die blasen Mordio und Zeter.

Und deutlich zeigt der Oboist,
daß er wahrhaftig keiner ist.

Der Dirigent: ein Hampelmann
mit einem kleinen Stöckchen dran.

Konzert ist aus, es rauscht Applaus,
es war ein Graus, komm schnell nach Haus.

(Der Gemüsechor)

Jedes Böhnchen
gibt ein Tönchen,

und der Rettich
rülpst fettig,

und die Zwiebel
gurgelt übel,

und der Kohl
hustet hohl,

und die Möhren
beginnen zu röhren.

Nur der Dill
ist schön still.

(Liederabend)

Etzels Hosengurt ward enger.
Hunger litt er. Doch nicht länger!
Eilends wurde er zum Sänger.

Und er würgte aus der Kehle
ein Krakeele, doch mit Seele.
Staunend hörten's die Kamele.

Tausend kriegte er bald netto,
denn er hatte stets in petto
ein gequetschtes Allegretto.

Also stimmten die Penunzen.
Doch gelang es seinem Grunzen,
alle Lieder zu verhunnzen.

(Das hyperästhetische Wiesel)

Ein Wiesel
saß auf einem Kiesel
inmitten Bachgeröll.
Was das söll?

Der Wieselklub
verriet es mir im lauten:
es ist, weil wir die alten Reime – schwupp –
ihm klauten.

Dem hochempfindlichen Getier
geht's so wie mir;
bei Reimen muß es immer niesen.
Außer bei diesen.

(Weltreise)

London: Banden.
New York: Quork.
Honolulu: Tohuwabohu.
Hongkong: King Kong.
Burundi: anus mundi.
Rio: Chaos con brio.
Paris, Pigalle: Touristenfalle.
Roma: Koma.
Bari: Larifari.
Napoli: Hochstapoli.
Interlaken: Kakerlaken.
Barcelona: macht euren Dreck alona.

(Der Bibliomane)

Ein Leser, der zuviel gelesen,
sieht Bücher nur in allen Wesen.

Er mag ja freundlich sein und nett –
vorm Kopf hat er ein Bücherbrett.

Geliebte, Tochter, Ehgespons
erscheinen ihm als Lexikons,

die dicklichen Personenarten,
die nimmt er wahr als Lederschwarten,

die dünnen Menschen mit Allüren
als goldbeschriftete Broschüren,

und selbst der Schneider Meckmeckmeck,
der gälte ihm als Paperback!

(Glaskartenhaus)

Dein Spiel ist aus?
Der Traum zerbricht?
Das dreckige Glashaus
ein Scherbengericht?
Klirr fetzen Blicke,
spröd, geplatzt.
Wer schießt Genicke
wie Hasen? Gepatzt
hat der Mordbube im Kartenspiel.
Ritz ihn entzwei! Töte den Tod!
Hier ist das Ziel:
verlaß dein Nest, den Kot.

(Der Kongreß)

Es kommt zu keiner Einigung,
man will erst strenge Reinigung.
Es töten sich die dicken Cliquen
mit Haß, Zitaten und mit Blicken.

Und alle fauchenden Chaoten
erheben drohend ihre Pfoten:
„Miau, mio und pipapo" –
so hört man sie bis nachts um zwo.

Ein jeder pocht auf seine Wahrheit
und schert sich nicht um größte Klarheit.
Erschlagen zieht man dann nach Haus.
Die Enkel fechten's schlechter aus.

(Jungweibersommer)

Die Sonne schien auf die Krawatte,
wovon ich nur noch eine hatte.

Die Sonne schien mir auf das Bäckchen.
Da lupfte ich dich Huckepäckchen.

Die Sonne schien dir auf das Bäuchlein.
Da herzte mich das Vogelscheuchlein.

Die Sonne schien uns auf die Lenden.
Wo sollte das noch enden?

Die Sonne schien auf die Kapuzen,
und wir begannen, uns zu duzen.

Die Sonne schien in einen Schatten,
sodaß wir nichts mehr von ihr hatten.

(ein student in uppsala)

ich hätt ein gesicht
wie es wär
schöner von mal zu muttermal
und ein knochenlos lächeln
der welt
wenn es glückte

ich hab ein gesicht
wie es war
müde des tods
heiß in den häuten
nachtlustwandelnd
als ich dich liebte

(Kurzgeschichte)

Stanislaus
will Mausimaus.

Sogar sehr,
kreuz und quer.

Sag mir ob,
hopp.

Alles keusch,
kein Geräusch.

Er blitzt knapp
ab.

Stani raus,
bums aus.

(Die Verwandlunk)

Es duschte eine junge Unke
natürlich nackt sowie mit Tunke.
Sie tat es nur der Schönheit wegen.
Und wer's nicht glaubt, hat meinen Segen.

Es kam der Amtsadjunkt, ein wirscher Unk,
dem solch Gebaren greulich stunk,
denn er war purer Puritaner,
ein eingefleischter Sittenmahner.

Doch als zwei Tag' vorüber war'n,
verstrickte er sich in dem Garn.
Aus jedem Punkt ward nun gefunkt:
„Beim Amtsadjunkt, da hat's geunkt".

(Kinderstube)

„Ich will Lakritze",
schreit Fritze.

„Ich will ein Pony",
plärrt Conny.

„Ich will ein Klavier",
brüllt Wladimir.

„Ich will nichts mehr hören,
seid still, ihr Gören!"

So spricht die Mutter
und gibt ihnen Futter.

(Gespräch zweier Flöhe in Wilhelmshöhe)

„Es sieht so aus, als gebe es
gar keinen Reim auf Celebes".

„Doch Borneo hingegen
hat einen Reim auf Regen".

„Und Sumatra, ach Gottchen,
verreimt sich schon auf Lottchen".

„Selbst Java – ja was soll es? –,
das ist als Reim nichts Dolles".

„Nur Celebes, wie schon gesagt,
das reimt sich nicht, Gott sei's geklagt".

(Geierpleite)

Ein Schnösel
fraß mit einem Dösel
ein Gekrösel.

Da kam ein Geier,
auweia,

und mit Gekreisch
stahl er das Fleisch.

Da waren der Schnösel
und der Dösel
ganz schön bösel.

(Spätabends in Wien)

Spätabends, wenn die blöden Krähen gackern,
spätabends, wenn die öden Esel ackern,
spätabends, wenn die müden Zünglein flackern,
spätabends, wenn die rüden Zicken zackern,
spätabends, wenn die jungen Typen baggern,
spätabends, wenn die alten Hosen schlackern,
spätabends, wenn die lauten Kugeln klackern,
dann fahre ich davon mit stillen Fiakern
und hab die Nase voll von all den wackern
Rackern, Packern, Mackern, Knackern, Kackern.

(La gente)

Die Erdbewohner sind unterschiedlich:
die einen niedlich und friedlich,

die anderen häßlich und laut,
grobe Knochen ohne Haut,

nix Schön's,
nur Gedöns,

mal kauzig,
mal hundeschnauzig.

Die letzteren mußt du meiden
und bei den ersteren weiden.

(Zeichen und Wunder)

Hier ist ein Lattenzaun
von lauter Ausrufzeichen! ! ! !

Vergeblich, da hindurchzuschaun
und ihnen auszuweichen! ! ! !

Doch sind sie zu besiegen,
indem wir sie verbiegen? ? ? ?

Worauf wir sie behupsen
und sie zusammenstupsen: 88.

Als Summe sind das 16.
Jetzt kann man ruhig wegsehn.

(Love Story)

Zwei muntere Ziegen,
jung und verliebt,
was es ab und zu noch gibt,
die wollten sich kriegen,
es möge kommen, was da wolle.

Doch im Schlafe,
so über Nacht,
eh sie's gedacht,
verwandelten sie sich in Schafe
und kriegten sich nur noch in die Wolle.

(Die Fernsehfritzen)

Geseh'nes und Gescheh'nes,
Großes und Kleenes,
Mieses und Scheenes,
dieses und jenes,
Heterogenes –
sie dreh'n es,
und wen es
widert des Phänomenes,
dem wünschen sie Athenes
Spucknapf an den Hals und Spitamenes.

(Die Hutmachung)

Sonjo wünscht sich einen Hut,
hat jedoch kein Geld. Nun gut,

er verschluckt Melonenkerne,
sein Gedärm hat das nicht gerne,

doch im nächsten Frühjahrslicht
sprießt fürwahr, man glaubt es nicht,

oben auf des Hauptes Krone
eine grünliche Melone;

und zur Freude aller Kinder
schwenkt er den Als-ob-Zylinder.

(Farm der Vögel)

Das Tüpfelsumpfhuhn ruft: „Quitt, quitt".
Der Zilpzalp kommt da nicht mehr mit,
erschöpft ruht er beim Eiertanz,
erledigt ist er scheinbar ganz.
Doch da – der klitzekleine Fitis,
topfit trotz seiner Hepatitis,
er piept: „Wir sind jetzt quitt mit dir,
du machst uns krank, tu tumbes Tier!"
Das Tüpfelsumpfhuhn kollert dumpf
und tüpfelt ab zum Tüpfelsumpf.

(Rübezahl)

Der Ries
grub im Kies
auf einer Wies.
Warum dies?
Weil er unter dem Kies
und unter der Wies
schließ-
lich auf Gries-
brei stieß.

(der vorteil der kleinschreibung)

der gefangene floh –
wer nun?
ein gefangener oder ein floh?

mein gedicht,
ein feind der gefängniswärter,
verrät ihn nicht.

nur soviel sei gesagt:
luftsprünge
macht er in jedem fall.

(Das Zweihorn Rudolf)

„Rudolf", sagt der Dompteur Flach,
„Rudolf", sagt er, „guten Tach".

Doch das Zweihorn, lang geweilt,
flink mit Flachens Frau enteilt,

um sie, denn auf diesen Zirkus schwor es,
sanft zu lehren die Amores.

Dieser Ausdruck ist Latein.
Was er meint, weiß jedes Schwein.

(Brauchtum)

Ein Kamel braucht sein Oäschen
und ein Hase sein Häschen
und ein Mäuschen sein Käschen
und ein Schnupfen sein Näschen
und ein Mozart sein Bäschen
und das Kompott sein Gläschen
und das Blümchen sein Gefäßchen
und der Dichter sein Späßchen.

(Für ganz kleine Kinder)

Ri ra rutsch,
wir fahren mit der Kutsch.

Pli pla plutsch,
die schöne Kutsch ist futsch.

Ri ra ratsch,
wir fallen in den Matsch.

Pli pla platsch,
das Ganze war nur Quatsch.

(Liedergalgen)

Morgenstern ist Konstrukteur
obskurriler Phantomaten,

manchmal aber – bon malheur –
frißt er sie samt Implikaten

und hört nachts, in seltnen Fällen,
wirklich den Polarfuchs bellen,

weil, so träumt er messerscharf,
alles sein kann, was sein darf.

(Ehedem)

„Du bist mein Glück".
„Rück mal ein Stück".

„Du bist meine Ruhe".
„Putz deine Schuhe".

„Du bist mein Frieden".
„Hörst du nicht das Wasser sieden?"

„Du bist mein Traum".
„Spritz nicht mit dem Badeschaum".

(Epitaph)

Als du noch schwammst in trüber Suppe,
verdreckt von Mühsal und von Pech,
da sagtest du: „Das ist mir schnuppe,
ich will nur Liebe, sanft und frech".

Als dann der Tod kam und die Qual,
um dir zu rauben deinen Schneid,
da sagtest du: „Ihr könnt mich mal –
von nun an bis in Ewigkeit".

(Zwischendurch)

Ein kleiner, dicker Zottelbär
läuft neben einem Trottel her.
Warum? Das weiß er jetzt nicht mehr.
Doch es erfreut die beiden sehr.

So trotten sie durch die Gedanken
und lockern die Bewußtseinsschranken.
Und wenn sie beide weiter wanken,
dann wollen wir uns schön bedanken.

(Das Hauptproblem)

Auf seinem Versfuß tänzelt
einher das Hauptproblem,
von Lug und Trug umschwänzelt.
Es steht bei Kant seitdem.

Man findet's auch bei Hegel,
fortan in manchem Buch.
Es pflanzt sich fort sehr kregel.
Das ist des Denkers Fluch.

(Wortfindung)

Ich bin nicht einer von den Epigonen,
die in dem alten Haus der Sprache wohnen.
Stattdessen streife ich durchs Wörterland
und setze Abgenutztes neu instand.

Die Sprache ist kein hehrer Tempelschatz,
das alte Bild ist heute nicht am Platz.
Das Wörterland ist Wort für Wort kaputt.
Wer Leben sucht, gräbt unverzagt im Schutt.

(Parabel)

Von Kain und Abel
über das Sündenbabel
bis zum Zeitalter der Kabel –
der Welt Nabel
ist invariabel
die gleiche Vokabel:
Gabel
für den Schnabel.

(Hitparade)

Die Schlagertexter, dudeldido,
sind an der Arbeit im Studio.

Die süßlichen Wörter werfen sie – klitsch –
zusammen zu einem Sirupkitsch.

Ein Musikus ohne Musenkuß
gibt seinen Senf zu diesem Stuß.

Das Ganze verrührt mit Kleister und Schmalz,
und fertig ist das Idiotengebalz.

(Der Blitzer im Stadion)

Man sah den Nackten rasen
über den nackten Rasen;
und hinter ihm raste die Polizei
mit einer Decke herbei;
und es verhüllten die Polizisten
den dummen Exhibitionisten;
und dann ging es weiter um die Fußballerehre,
als ob nichts gewesen wäre.

(Von Korf erzählt)

Die Liesel
saß mit einem Stiesel
in einem Diesel.
Wißt ihr, weswegen?
Sie tat's nicht nur des Reimes wegen.
Es kam ihr so gelegen
in all dem Niesel-
regen.

(Der Sinn des Unsinns)

Ohne Sinn, ohne Sinn
fließt der Unsinnsvers dahin.

Hätt er Sinn, so spräch er wohl:
„Sauerkohl, ach Sauerkohl".

Dies ist wieder ein Exempel
für den seriösen Krempel.

Unsinn ohne Sinn ist blöde?
Sinn ist ohne Unsinn öde!

(Sprachfeld)

Zeit gleich Geld,
und Geld gleich Held,
und Held gleich Welt,
und Welt ist, was gefällt
wird
und klirrt
und entschwirrt
und verwirrt.

(So geschieht's)

Es war einmal ein Indiz.
Doch dann kam die Justiz.

Die nackten
Fakten
verschwanden in den Akten.

Und von dem Indiz
nahm niemand mehr Notiz.

(Der Satansbraten)

Hüpf in die Pfanne ...
Salz in die Wunden ...
Da hast du dein Fett ...
Laß dich bräunen ...
Werd weich und zart ...
Sei mundgerecht ...
So gehst du den Weg des Fleisches.

(Geisterstunde)

In allen Zipfelchen
ist Vieh.
Unter den Tüpfelchen
findest du immer ein i.
Die Schläfer brabbeln im Tran.
Warte nur, Baldrian,
du ruhst nie.

(Selbstgespräch)

Ein Reim auf dickli
ist nicht geschickli.
Ein Reim auf Müsli
ist nicht genüßli.
Ein Reim auf Lilli –
nun sei mal stilli.

(Diabolik)

Es gibt da Zweifel,
ob existiert der Teufel,
doch gibt es zweifellos,
man sieht's mit dem Auge bloß,
reiche und arme Teufel in jeder Zelle
der irdischen Menschenhölle.

(Stop in Olinda)

Hast viel gewollt,
fandst niemals Gold,
triebst lange dich umher.
Fochtst manchen Kampf,
warst oft Hans Dampf,
das kannst du nun nicht mehr.

(Pariser Hotel)

Denk ich an Deutschland bei Tag,
was ich sowieso nicht besonders mag,
dann trifft mich ein rauher Flügelschlag,
und dazu hör ich die Raben schrein:
„Die Wacht am Rhein, die Macht aus Stein",
und darum laß ich es eine ganze Weile sein.

(Probleme der Wasserleitung)

Bevor du, Kerl, ziehst an der Strippe,
bedenke, daß sich deine Sippe
beim Duschen, eh' sie sich versieht,
erschröcklich siedendheiß verbrüht.
Wer keinen Warnruf von sich gibt,
wird dreimal tief ins Klo gestippt.

(Narrenhand)

Ein Reim
im Heim
ist ganz geheim
ein Keim
aus Leim
und Honigseim.

(Der Lendenschurz)

War einmal ein Lendenschurz,
war ein weniges zu kurz.
Lendenschurz hob sich noch ein Stück
und fiel gleich zurück.
Publikum sekundenschnell …
das willst du wissen, gell?

(Orakel)

Geh mit der Zeit, sie hinkt.
Eile zur Fata Morgana, sie winkt.

Hör auf den Raucher, er hüstelt.
Folge dem Guru, er mystelt.

Man kennt das alles zur Genüge.
Glaube mir: ich lüge.

(Was du schwarz auf weiß besitzt)

Erhitzt und geschwitzt,
gewitzt und verschmitzt,
geblitzt und verfitzt,
geritzt und geschlitzt,
gespitzt und geschnitzt –
so sitzt du itzt.

(Die Hasenjagd)

Das Häschen mümmelt Wegerich
und sieht partout den Jäger nich,

welchselbiger jedoch beschließt,
daß er jetzt lieber doch nicht schießt.

Nach Hause geht der Jägersmann.
Der Hase denkt: Was geht's mich an?

(Geh aus, mein Herz)

Das Über-Ich und das Unter-Du
verabredeten ein Rendezvous
mit Müllers Esel und Müllers Kuh.

Schnell war das Ziel erreicht,
das Treffen war ganz leicht,
denn die Psychoanalyse war ziemlich seicht.

(schöpfkelle)

von
neuem

schöpfst du
hoffnung

von
altem

(Nervensäge)

Was macht, wenn er nicht weht, der Wind?
Was macht die Logik, wenn sie spinnt?
Was macht der Klang, wenn er verstummt?
Was macht der Bär, wenn er nicht brummt?
So viele Fragen stell'n sich dir –
doch warum stellst du sie auch mir?

(Kreisleriana)

Zwei alte Tanten tanzen Tango,
zwei junge Onkel essen Mango,
ein alter Kranker packt sich Fango,
ein junger Stutzer singt Fandango,
die alte Glocke läutet: „Plango",
die junge Glocke läutet: „Frango".

(Mythologie)

Heda,
die Leda,
die liebt doch jeda,
sogar im Wahn
der Zeus als Schwan.
Blödian!

(Moral)

Man hört die Eif'rer predigen,
besonders laut die ledigen:
„Laß ab von übler Liebeslust,
kasteie deinen Leib bewußt!"
So schmähte schon der alte Fuchs
die Traube, die zu hoch ihm wuchs.

(Die Reise von Australien)

Zwei Zuchttierfarmer aus Melbourne,
die suchten in Hamburg nach Kälbern,
doch als sie kamen zur Reeperbahn,
da verloren sie ihren Elan
und kehrten zurück in ihre Boxen
als ausgeplünderte Ochsen.

(Das Epigramm)

Lang bedacht,
kurz gesacht,
schön gemacht,
gut vollbracht,
leis gelacht.

(Alienationen)

Drohnen
thronen
seit Äonen
in den Zonen
der Dämonen.

(Rudel)

Gedudel,
Gesudel,
Lobgehudel
und Pferdeapfelstrudel –
für eine kleine Kulturbetriebsnudel.

(abrüstig)

mehr wacht?
mehr macht?
macht mehr?
macht wer?
wer wacht?

(Der andere Rattenfänger)

Ein Rattenfänger aus Köthen
war plötzlich in großen Nöten.
Die Kinder, ich glaub,
sie stellten sich taub.
Er fand kein Gehör und ging flöten.

(Zwei Skeptiker im Lehnstuhl)

„Nichts versteht sich von selbst”.

....

„Nicht einmal dies”.

....

„Versteht sich“.

(Übersetzung von Shakespeares Grabinschrift)

Oh daß ihr, gute Freunde, davon laßt,
zu graben in dem Staub, der hier gefaßt.
Gesegnet sei, wer schont den Grabesstein;
verflucht sei der, der rührt an mein Gebein.

(Das selbstreimende Gedicht)

Ein Dichter mit dem Decknamen Kambyses
begann ein Gedicht ohne Reim, eben dieses.
Er ging den Versen auf den Leim.
Den Reimen ist alles Reim.

(Die Hunnenschlacht)

„Wahrlich, wahrlich", sprach Herr Etzel,
„das gibt wieder ein Gemetzel
am Buffet, denn das Geschnetzel
schmeckte nie so gut wie jetzel!"

(Faust-Regel)

Was ich nicht weiß,
das läßt mich nicht kalt,
das macht mich heiß,
brennt und erhitzt mich bald.

(Ausweg)

Alle Sätze
wollen dich haschen.
Worte sind Netze.
Schlüpf durch die Maschen.

(Zahn um Zahn)

Ein Naßhorn und ein Trockenhorn,
die stapften durch die Wüste.
Ein Zahn tat weh dem Trockenhorn.
Das Naßhorn sagte: „Zyste".

(Nosce te stipsum)

Kalb der Kälber,
erkenne dich selber.
Guck nicht so Stier,
dazu bist du nicht hier.

(Mineralogie)

Wenn man den Stein der Weisen fände
– buchstäblich natürlich –,
vielleicht wäre sein Name figürlich:
Hornblende.

(Warnung)

Flehe nicht in Stoßgebeten
zu dem Barte des Propheten.
Der Prophet ist pensioniert,
und sein Bart ist abrasiert.

(Plakat)

„Der Mensch geht vor",
so heißt das Schlagwort der Stunde.
Tatsächlich: der Mensch geht vor –
die Hunde.

(Komplott)

Vier Chinesen mit dem Kontrafagott
saßen beisammen und erzählten sich wot.
Kommt die Polizei und fragt: „Was ist denn dot –
vier statt drei, ohgottohgott!?"

(Rencontre)

Und plötzlich, ohne Warnung,
steht vor dir all dein Glück.
Entblättert wird die Tarnung,
das Lächeln kehrt zurück.

(The pill of wisdom)

Der Sinn des Lebens:
die Kunst des Schwebens,
die Tempel Thebens,
tu nix vergebens.

(Der Kolumnist)

Er macht den kleinsten Zeilenfüller
zum supergroßen Zeitungsknüller.
Davon wird zwar die Zeitung füller,
jedoch auch jede Zeile knüller.

(Historie)

Auf jeder Dschunke
sitzt ein Halunke.
Nur welcher es ist,
verschweigt der Chronist.

(Berceuse)

Du hast die ganze Zeit gewacht,
nun brauchst auch du die Ruh der Nacht;
drum schleich dich in dein Schlafgebäude,
du meine klitzekleine Freude.

(Morgenstern … schnuppe)

Ein Kiesel
lag auf einem Wiesel.
Wißt ihr, warum?
Er wollte es mal anders rum.

(Duell)

Wenn's nach „Gott" ginge,
änderten sich manche Dinge.
Wenn aber der „Teufel" dagegenhält –
wer bessert dann die Welt?

(Gesindel)

Von der Windel
bis zur Bahre:
nichts als Schwindel
all die Jahre.

(Igitt)

Ein Igel saß auf einem Schwein
und schweine-igelte zu zwein.
Man hoffte nur, daß Meister Goethe
dem Igelschwein Paroli böte.

(Das Verslein und der Rahmen)

Im Rahmen zuckt's:
ein Verslein, sinnentflohen,
verblödelt die Heroen.
Der Rahmen schluckt's.

(Verwunderung)

Warum läßt du dich schwängern,
so gänzlich ohne Grund,
von Kammerjammersängern?
Schlaf dich erst mal gesund!

(Geburtstagsgruß)

Ich schenk dir eine Muschel hier
für einen Reim auf Kuscheltier
und schmiede diesen Vers für dich –
was anderes verdienste nich.

(Phuket)

Vielleicht träumte auch weiland
der Heiland
von einem Eiland
in Thailand.

(Salarifari)

Von Bebra
zum Zebra –
Gaffer tüffeln
zu Kafferbüffeln.

(Seufzerbrücke)

Wer in Venedig
ledig
bleibt,
treibt unbeweibt.

(Napoli)

Soffrire:
senza l'amato
a lato
dormire.

(Klangfiguren)

Konsonanzen
bringen zum Tanzen.
Dissonanzen
pieksen wie Wanzen.

(Analyse)

Der Schein
bestimmt das Bewußtsein.
Das Schwein
bestimmt das Unbewußtsein.

(Schmächtig)

Das ist niederträchtig:
„Gott" ist allmächtig,
nur nicht auf Erden.
Noch Beschwerden?

(Modalitäten)

Das Muß ist eine harte Nuß.
Das Will ist eine mulsche Birne.
Das Soll ist ein tiefer Fluß.
Das Kann ist eine hohe Stirne.

(Etüde)

Krethi und Plethi,
Yeti und Seti,
Hänsi und Greti,
Beti und Kneti.

(Karriere)

Vom Star
zum Clochard
und zurück
im Glück.

(Ermunterung)

Nimm doch, Lieber, meinen Tip so:
tanze tüchtig eo ipso
Wiener Walzer mit Kalypso –
oder hast du keinen Gripso?

(Abendstern)

„Im Dunkeln
schunkeln
mit Palma Kunkeln",
so hör ich ihn munkeln.

(Die Dark Lady zu William Shakespeare)

„Ach, sei so nett:
schreib ein Gedicht,
das viel Gewicht
hat – ein Sonett!"

(Meute)

Leute
von heute:
morgen die Beute.

(Diminuendo)

Pflicht
flicht
licht.

(Begleitmusik)

Es tuscheln
und nuscheln
die Miesmachermuscheln.

(Hetze)

Von der Genesis
bis zur Nemesis
Gerenne is.

(Guide Michelin)

Die Schlampe
kocht Pampe
für die coole Wampe.

(Go-Go-Ethe)

Glück ohne Ruh,
schubbedibu,
Liebe, bist duhuhu.

(Eiteitei)

Jedes Zweierlei
wird einmal einerlei
im großen Breierlei.

(U Zagrebu)

„Nema
problema”,
sprach Anna Thema.

(Bonhomme)

Le style, c'est Lomm.
Les Fritt, c'est Pomm.
L'amour, c'est: „Komm".

(Der faule Floh)

Es war einmal ein fauler Floh,
der hüpfte nicht nach irgendwo,
weil er zu faul war sowieso.

(Krauche)

Auf dem Bauche
durch die Jauche
robbt das Heer nach altem Brauche.

(Reduktion)

Palast der Republik:
Ballast der Re...plik...:
Altlast ... plik ...

(Das Publikum)

„Aber, aber,
wie makaber",
so ertönt nun sein Gelaber.

(Rabenvolk)

Man molk
den Raben Kolk.
Ohne Erfolk.

(Urteil)

Par ordre de Mufti
ward er vom Schufti
zum Grufti.

(Heureka)

Das Wahre
ist das Rare
und das Wunderbare.

(Wissenschaftsbetrieb)

Endlos, endlos, endlos währten
die in jedem Jahr vermehrten
Streitigkeiten der Gelehrten.

(Geleise)

„Wir sind auf der Reise",
sprach der Weise
ziemlich leise.

(Schwachdeutsch)

Jeder Festredner hält
sich für den Schnabel der Welt.

(Piazza della Repubblica)

Einem Denkmal geht, oh Graus,
meist ein Denkmalheur voraus.

(Vom Himmel hoch)

Auch Schnee
tut weh.

(Älterwerden)

Träum ma
mit Rheuma.

(Bouillon)

Ein Suppenhuhn
kann nichts mehr tun.

(Kontre Nietzsche)

Zarathustra:
frustra.

(Großstadt)

Unter dem Pflaster
liegen die Laster.

(Volksparkstadion)

Hrubesch und Kaltz –
Gott erhalt's!

(Differenz)

Wenn schon Weinen,
dann ohne Greinen.

(Reimkunde)

Der langgesuchte reine Reim auf „Mensch”
wohnt weit von hier entfernt und heißt „Frau Ränsch”.

(In Tyrannos)

Despötchen,
gib Pfötchen.

(Urinprobe)

Wer dopt,
wird gestoppt.

(Politik)

Wo die Macht,
da die Niedertracht.

(Appetit)

Die Taube gurrt,
der Magen knurrt.

(Curriculum vitae)

Tage, Monate, Jahre:
sese conservare.

(Stets aufs neue)

Ohne Treue
seid ihr Säue.

(Lot)

Freunde in der Not
stellen sich tot.

(Eben)

Freunde fürs Leben
hats selten gegeben.

(Das Geheimnis)

Jeder Fetisch
ist anästhetisch.

(Schöpfung)

Am Anfang war das Wort,
am Ende war es fort.

(Vernissage)

Banause,
geh nach Hause.

(Die Klingelbeuteltiere)

Ob nun Rechte oder Linke –
alle wollen Pinkepinke.

(Kein ohne)

Ein Teufel ohne Hölle
ist wie eine Eule ohne Gewölle.

(Rhetorik)

Kein Weiser
ist heiser.

(Gestopftes Maul)

Der Mensch frißt
und vergißt.

(Disputation)

Außer Thesen
nichts gewesen.

(Notbehelf)

Ein Reim auf Lyrik –
schwürig, schwürig.

(Therapie)

Hast du eine Meise,
dann geh mit ihr auf die Reise.

(Gastro-enterologie-nomie)

Wer nichts wird,
wird Zwischenwirt.

(Dialektik)

Der letzte Hegelianer
wurde Indianer.

(Kismet)

Soviele Ismen,
soviele Schismen.

(Sekundärliteratur)

Zitierst du mich,
zitier ich dich.

(Kurzfassung)

Die alte Mada:
Brahma ist nada.

(Ambition)

Je höher die Aspiration,
desto tiefer die Depression.

(Beim Jupiter)

Quod licet Profi,
non licet Doofi.

(Bedauern)

Kalte Bauern
müssen versauern.

(Packeis)

Ich und du
im Schuriglu.

(Wahlkampf)

Much
Quatsch.

(Nuklearer Winter)

Die Hölle auf Erden
könnte verdammt kalt werden.

(Antichambre)

Wer Klinken putzt,
wird schnell beschmutzt.

(Sprichwahrwort)

Wer die Wahrheit ehrt,
braucht ein schnelles Pferd.

(Ausnahme)

Anything Goes,
nur nicht Albrecht Goes.

(Neunter Monat)

„Noli me tangere",
sprach die Schwangere.

(Kremlflieger)

In meinem Zimmer rußt der Ofen,
in meinem Herzen, Rust, nur du.

(Podiumsdiskussion)

Gequak
opak.

(Hippologie)

Das Glück der Pferde:
Erde und Herde.

(Sur le pont d'Avignon)

La rime:
le pont sur l'abîme.

(Replik)

Und fragst du mich: „Hat das Niveau?",
dann sage ich nur kurz: „I wo".

(Botschaft)

„Was will uns der Dichter sagen?"
„Gar nichts auf solche Fragen!"

(Coraggio)

Laß das Fluchen.
Mußt's anders versuchen.

(Bibliothek)

Er knüllte so gerne Eselsohren
in alle Bücher der Honoratioren.

(Experimentum mundi)

Probieren, probieren, probieren
geht über Resignieren.

(Küchenlatein)

Ubi Mehl,
ibi Fehl.

(Das dritte Rom)

Wann murmelt auch Gorbi
„Urbi et Orbi"?

(Argument)

Daß du in meinem Bettchen lagst,
beweist noch nicht, daß du mich magst.

(Vorlesung)

Der Professer
weiß es besser.

(Vorbehalt)

Selbst ein Genie, wie du es bist,
schreibt manchmal leider, leider Mist.

(Vis comica)

Ernst als Scherz mit Phantasie:
tiefe Bedeutung der Ironie.

(Cheek to cheek)

Nicht jedes Gequiek
ist Musik.

(Acta Muriensa)

Der Verlach
hält mich in Schach.

(Vorsicht)

Sich erregen
bringt Kindersegen.

(Erstes Gefecht)

Junger Gefreiter:
Todesreiter.

(Erkenntnistheorie)

Das ist des Scheines List:
es scheint, daß er nicht ist.

(Gute Nacht)

Damit wir andre Sterne sehen,
muß unsre Sonne untergehen.

(St. Peter)

Nomen est omen
nur in den Domen.

(Frontera)

Wie der Harry,
so der Sherry.

(Mode)

In der Kürze
lügt die Schürze.

(Qual...ifikation)

Wie wird man ein Rezensent?
Indem man beim Lesen pennt.

(Wecker)

Wenn er scheppert,
guckst du bedeppert.

(Erwachen aus dem Traum)

Was man erinnert,
klingt spinnert.

(Ermahnung)

Schenk dein Öhrchen
dem Pastörchen.

(Einschränkung)

Unbefugten Unfug beten:
alter Trick der Katecheten.

(Verslehre)

Lerne zu reimen,
ohne zu schleimen.

(Amulett)

Brauchst du einen Talisman?
Streng dich lieber selber an.

(Asinus)

Wie auch immer –
du hast keinen Schimmer.

(Haremsgeflüster)

Es sprach Suleika zum Eunuchen:
„Du könntest es ja mal versuchen".

(Emotionalien)

Liebe vergeht,
aber Haß besteht.

(Reform)

Du mußt dir deine Normen
gefälligst selber formen.

(Hundejahre)

Die Stimme seines Herrn:
das ist des Pudels Kern.

(Geduld)

Auch die Ewigkeit
ist nur eine Frage der Zeit.

(Grips)

Mißtraut allen Tips
von Leuten mit Schlips.

(Cicerone)

Ein Zacken in der Krone
ist keine erogene Zone.

(Wege der Forschung)

Ewig pustet der Gelehrte
auf der Wahrheit dunkler Fährte.

(Gizeh)

Selbst die Sphinx
ist nur ein Dings.

(Taifun)

So lernt' ich traurig das Gebrechen:
kein Wort ist, wo die Dinge sprechen.

(Eps Meineid)

„Lügner sind alle Kreter" –
rief ein von ihnen Verschmähter.

(El Condor pasa)

Kolumbuseier
holt der Geier.

(Bernsteinkette)

Die größten Kritiker der Molche
sind noch viel schlimmere Strolche.

(Der Dunkle)

Man liest nicht zweimal denselben Heraklit.
Er ist es, und er ist es nit.

(Frist)

Fünf vor zwölf? Der Mensch verlor?
Die Uhren gehen nach wie vor.

(Nur für Kenner)

AT 333:
im Walde Keilerei.

(Per aspera ad Asterix)

Siebenfünfdrei
begann die Spinnerei.

(Erklärung)

Dem Asketen
fehlen Moneten.

(Seminarreferate)

Die Bücher eines Dozenten
stammen von seinen Studenten.

(Klematis)

„Das Wahre ist das Ganze",
wisperte die Kletterpflanze.

(Schicksal)

Mit zwanzig ein Talent,
mit vierzig ein Rezensent.

(Die Rezensur)

Je höher die Bestechung,
desto länger die Besprechung.

(Die Relevantiner)

Die meisten Wichtigkeiten
sind Nichtigkeiten.

(Doppelstern)

Morgennatz und Ringelstern:
Apfelnuß und Mandelkern.

(Canzoniere)

Petrarcas Aura:
die Liebe zu Laura.

(Erich währt am längsten)

Wer tut das Gute?
Ich hör nur Getute.

(Ojeeh)

Liebesweh
hat einen im Tee.

(Wie alles anfing)

Im Garten Eden
begannen die Fehden.

(Kesselfleisch)

In der Hölle
gibt's kein Gevölle.

(Altes Testament)

Der Mensch denkt,
„Gott" henkt.

(Neues Testament)

Der Mensch denkt,
„Gott" schenkt.

(Teufelskunde)

Im Sommer fängt der „Teufel" Fliegen.
Im Winter bleibt er müde liegen.

(Stulle)

Der Mensch lebt nicht vom Brot allein.
Es darf auch etwas Butter sein.

(St. Pauli)

Nichts ist wahr
in der Seemannsbar.

(Trader's Lounge)

Der noble Plebs
schlürft Schweppes.

(Vortrag)

Der ärgste Gimpel
ist der Fachsimpel.

(Research)

Methoden
sind auch nur Moden.

(Propaganda)

Die Ideologen
logen.

(Schweinestall)

Der Trog
trog.

(Perpetuum)

Eine Pawlowsche Kreatur
bellt rund um die Uhr.

(Kritikitis)

Alles anklagen
schlägt auf den Magen.

(Perspektive)

Die Zukunft gehört den Ratten
und denen, die gar nichts hatten.

(Akustik)

Die Priester murmeln „Kyrieleis",
die Leute verstehen „Curryreis".

(L'enfance retrouvée)

Spinner
sin Kinner.

(Louvre)

Ein Epikilo
für die Venus von Milo.

(Relation)

Je schneewittiger der Zwerg,
desto kyffhäusriger der Berg.

(Tour de France)

Ein Charly Gaul
kennt kein Gejaul.

(Animalaise)

Auch der Specht
kennt Herr und Knecht.

(Neuton)

In tiefem Dunkel liegt die Welt,
bis die Physik sie schwach erhellt.

(Näher betrachtet)

Manitouchäer:
Zwietrachtsäer.

(Passe)

Fortschritte in der Sackgasse
sind das, was ich hasse.

(Sich ententhusiasmieren)

Wer sich begeistert,
ist schon verkleistert.

(Abstand halten)

Wer schmeichelt,
der speichelt.

(Szenen)

Sich sehnen
bringt Tränen.

(Eule mit Heule)

Ubi Geflenne,
ibi non bene.

(Amour de soi et de soie)

Unter dem Scheitel
ist alles eitel.

(Extra linguam nulla veritas)

Si tacuisses,
gäb's nix Gewisses.

(Onto pronto)

Das Wesen muß Erscheinen
und mehr Sein als Scheinen.

(Aufsagen)

Nicht verzagen –
weiter plagen.

Nachwort: Die Erneuerung des Epigramms

Epigramme sind intellektuelle, pointierte Kurzgedichte. Die bekennerhafte Attitüde ist ihnen fremd. Sie leben aus der skeptischen, spöttischen Distanz. Dem Epigrammatiker kann man nichts vormachen, er hat das Treiben der Welt mit klarem Blick durchschaut. „Der Ruhm, wie alle Schwindelware, / hält selten über tausend Jahre" (Wilhelm Busch).

Gelungene Epigramme sind keine gummiartig auseinandergezogene und auf Verse verteilte Thesenlyrik – und auch keine zeitgeistgebundene Polterei. Genuine Epigramme sind keine Zeitgedichte, sondern Zeitaltergedichte. Authentische Epigramme sind die geschichtsphilosophischen Abbreviaturen einer Epoche. Das ganze Elend des vergangenen Jahrhunderts war, ohne daß es beim Namen genannt wurde, in diesem Zweizeiler mitgedacht: „Was nur die Menschheit an diesem Dante fand! / In Sachen Hölle war er ein Dilettant" (Stanislaw Jerzy Lec).

Der zeitübergreifende Impetus des Epigrammatikers ist philosophisch inspiriert, wendet sich aber gegen alle affirmativen und systemverhafteten Philosopheme. Epigramme enthalten keine Thesen, sondern Pointen, sprich: Antithesen. Zwei Beispiele: „Auf ewig ist der Krieg vermieden, / befolgt man, was der Weise spricht. / Dann halten alle Menschen Frieden, / allein die Philosophen nicht" (Abraham Gotthelf Kästner). Der ganz junge und den meisten unbekannte Marx, der als Schriftsteller und Poet angefangen hat, bringt den antiidealistischen Standort des Epigrammatikers auf den Punkt: „Kant und Fichte gern zum Äther schweifen, / suchen dort ein fernes Land; / doch ich such nur tüchtig zu begreifen, / was ich auf der Straße fand" (alle Epigramme in diesem Nachwort sind aus dem Gedächtnis zitiert).

Das Epigramm kehrt seine Spitzen gegen alle ideologischen Schismatiker, Schwachmatiker und Fanatiker. „Luthrisch, Päpstisch, Calvinisch, diese Glauben alle drei / sind vorhanden; doch ist Zweifel, wo das Christentum dann sei", schrieb Altmeister Logau in der Epoche der Religionskriege und Glaubensstreitigkeiten. Der Epigrammatiker wendet keiner der streitenden Parteien seine Sympathien zu, denn er sieht, daß ihre Wahrheits- und Geltungsansprüche alle gleichermaßen fragwürdig sind. Sämtliche politischen und weltanschaulichen Alternativen sind nur verschiedene Maskengruppen der menschlichen Narrheit. In der weiträumigen Perspektive des Epigrammatikers erscheinen die kleinkarierten Denkweisen als hoffnungslos borniert. „Schmale Seelen sind mir verhaßt: / da steht nichts Gutes, nichts Böses fast" (Nietzsche). Auch der Lokalpatriotismus verfällt der epigrammatischen Ironie: „Ich liebe die Nordhessen. / Warum, hab' ich vergessen" (anonymes Epigramm).

Der feine bis derbe Spott des Epigrammatikers bringt die aufgeblasenen Windbeuteleien zum Platzen. Hans von Bülow: „Mundus / vult Schundus". Goethe: „Getretner Quark / wird breit, nicht stark". Karl Marx, der ganz frühe wohlgemerkt: „In seinem Sessel, behaglich dumm, / sitzt schweigend das deutsche Publikum". Grillparzer: „Richard Wagner und Friedrich Hebbel / Tappen beide im romantischen Nebbel. / Das doppelte b gefällt dir nicht; / Ja, mein Freund, der Nebel ist dicht" (von diesem Epigramm gibt es noch eine andere Fassung, die aber nicht so gut ist).

Während die satirischen Epigramme der Älteren gern das verblasene Kulturbetriebsnudelgedudel attackieren, setzen sich die der Neueren speziell gegen jene korrupte Vulgärreimerei zur Wehr, welche sich auf Zeitungsseiten und Häuserwänden breitmacht. Moderne Epigramme sind narrenhandstreichartige Aufschriften auf die zum Warensammelsurium verkommene Ding- und Menschenwelt. Ein anonymes Epigramm parodiert die Pseudopoesie der Reklamesprache: „Willst du Schwangerschaft verhüten, / nimm Melitta-Filtertüten!"

Das Epigramm kann sich auch selbst parodieren. Popes pompöses Newtonepigramm zum Beispiel mußte Variationen geradezu provozieren: „Nature, and Nature's Laws lay hid in Night. / God said, Let Newton be! and all was Light". Voltaire, Lichtenberg, Russell, Squire und andere haben an diesem Epigramm herumgedoktert und den allzu apotheotischen Ton wirksam gedämpft.

Apotheotische Epigramme gehen meist in die Hose. Nietzsche schreibt über seinen geistigen Erzieher Schopenhauer: „Was er lehrte, ist abgetan, / was er lebte, wird bleiben stahn: / seht ihn nur an – / niemandem war er untertan!" Das stimmt hinten und vorne nicht. Nietzsches abstruse Metaphysik des Machtwillens ist nur ein Bandwurmfortsatz der Schopenhauerschen Willensontologie; was Nietzsche als ‚abgetan' abtut, ist das innerste Motiv seiner eigenen Philosophie. Und untertan war Schopenhauer der Macht des Geldes: er war ein Couponschneider, der nur deswegen unabhängig denken konnte, weil er von den Zinsen aus seinem geerbten Vermögen lebte. Wenn er sein Geld eingebüßt hätte, dann hätte sich Schopenhauer, wie er selbst sagte, sofort eine Kugel durch den Kopf geschossen. So fragil war die Unabhängigkeit desjenigen, der ‚niemandem untertan war'.

Gefühlsduselei und -wuselei ist unepigrammatisch. Epigramme sind Witze über die Tode von Gefühlen. Wo sie Emotionen zur Sprache bringen, sind diese mit Ironie untermischt: „Himmlisch war's, wenn ich bezwang / meine sündige Begier. / Aber wenn's mir nicht gelang, / hatte ich viel mehr Pläsier" (Heine).

Der Epigrammatiker sieht nicht die Welt im Spiegel seines Ichs, sondern überwindet die egozentrische Gefühlsschwelgerei und Interessenverfolgerei: „Wir wollen's halten allgemein, / laßt doch nicht streiten mich allein!" (Ulrich von Hutten).

Der Grundton des Epigramms schwingt zwischen Melancholie und Zuversicht hin und her. Melancholie (contra Benjamin ganz positiv gemeint): „Das ist das Verhängnis: / zwischen Empfängnis / und Leichenbegängnis / nichts als Bedrängnis" (Erich Kästner). Zuversicht: „Ist Betrug auch noch so klug, / Gibt sich letztlich doch ein Fug, / Daß er nicht ist klug genug" (Logau).

Das Epigramm wäre allzu gestreng, wenn es sich ausschließlich auf die Misere der jeweiligen Epoche und auf die in allen Zeitaltern wiederkehrende Menschennarrheit und Menschenbosheit kaprizierte. Nach Feierabend suchen die Epigrammatiker Zuflucht bei dem heiteren, intentionslosen Spiel des Geistes, der nicht mehr viel nach Wahrheit fragt. Epigramme sind nicht nur Sinngedichte, sondern völlig legitim auch Unsinngedichte. Hier sind die polnischen ‚Fraszki' die schönsten Vorbilder. „Der Mohr hat seine Schuldigkeit getan. / Nun wirst du schwarze Kinder han", schreibt Jan Sztaudinger. „Wie die Hormone, /so der Mormone", sekundiert Stanislaw Jerzy Lec. In Deutschland, wo herrlicher Unsinn dieser Art gern als ‚flache Scherzhaftigkeit' getadelt wird, tut man sich etwas schwerer. Der frühe F.W. Bernstein formulierte: „Die schärfsten Kritiker der Elche / waren früher selber welche". Der etwas spätere F.W. Bernstein formulierte dagegen: „Die schärfsten Kritiker der Elche / wären gerne selber welche". Wer da nach einer ‚Aussage' fragt, ist schon schief gewickelt. Außer dem Sinngedicht und dem Unsinngedicht gibt es auch noch das Un-Sinngedicht, in dem Wilhelm Busch der große Meister ist: „Für junge Damen sich beeilen, / Macht selbst dem Alten noch Pläsier, / Und wünschen sie von ihm zwei Zeilen, / Sogleich ergebenst schreibt er vier".

Die schönen Verse der Epi-Epigrammatiker Wilhelm Busch, Karl Marx, Ulrich von Hutten, Hans von Bülow, Friedrich Nietzsche und F.W. Bernstein fehlen in den meisten der ansonsten vorzüglichen Anthologien, die im vorigen Jahrhundert das reiche Erbe der deutschen Epigrammliteratur eingefangen haben (Das Buch der Epigramme, hrsg. Ludwig Fulda, Berlin 1920; Deutsche Epigramme, hrsg. Hugo von Hofmannsthal, München 1923; Deutsche Epigramme aus fünf Jahrhunderten, hrsg. Klemens Altmann, München 1966; Deutsche Epigramme, hrsg. Gerhard Neumann, Stuttgart 1969; Deutsche Epigramme aus vier Jahrhunderten, hrsg. Anita und Walter Dietze, Leipzig 1985). Außer diesen fünf reichhaltigen Anthologien hat das vergangene Jahrhundert noch eine unglaubliche Fülle von Forschern hervorgebracht, die über die Geschichte des Epigramms geschrieben haben –

wenn man hier fünf Namen herausheben würde, täte man hundert anderen unrecht. In den einschlägigen Nachschlagewerken findet jeder Interessent bibliographische Nachweise der umfangreichen Sekundärliteratur.

Der regen Tätigkeit des Sammelns und Forschens steht ein betrübliches Stocken der eigentlichen Produktion gegenüber. Seit Erich Kästners Epigrammbuch ‚Kurz und bündig' und seit Brechts späten Epigrammelegien hat sich da nicht mehr viel getan in der deutschen Literatur. Gewiß, es gibt die eine oder andere Lichtblickgestalt, es gibt den einen oder anderen Einfall, aber die kontinuierliche und jahrhundertealte Tradition der deutschen Epigrammatik scheint abgerissen zu sein. Schon vor rund fünf Jahrzehnten hatte Erich Kästner das Epigramm eine tote und verschollene Kunstform genannt, die dringend einer Wiederbelebung bedürfte. Eine solche Wiederbelebung, die nach wie vor aktuell ist, erfordert nach meinem bescheidenen Dafürhalten vier Grundbedingungen, die in engem Zusammenhang miteinander stehen.

Die erste Bedingung ist eine Selbstverständlichkeit, die heute nicht mehr so selbstverständlich zu sein scheint: das intensive Studium der internationalen Epigrammklassiker aus den letzten Jahrhunderten. Wer Epigramme schreiben will, hat verdammtnochmal die große Tradition zur Kenntnis zu nehmen. Da ist Voltaire mit seinen über dreihundert Epigrammen, das ist der Pope aus England (nicht der aus Griechenland), da sind die polnischen ‚Fraszki'-Poeten mit Lec an der Spitze, dazu die besten Köpfe aus den übrigen Literaturen. In Deutschland haben wir die beiden bedeutenden Kästners (Abraham Gotthelf und Erich), Logau, Lessing, Hölderlin,

Goethe, Heine, Nietzsche, Grillparzer, Brecht und viele andere, bei denen man in die Schule gehen kann und muß.

Verbraucht hingegen ist die Kraft der griechischen und römischen Epigrammtradition, und alle antikisierenden Epigramme wirken heute gekünstelt und gestelzt. Natürlich gibt es immer wieder Epigrammatiker, die Martial aufgreifen und lebendig machen wollen. Und selbstredend gibt es immer wieder andere, die auf die Epigramme der berühmten ‚Anthologia Graeca' zurückgreifen. Doch können diese alten Epigramme nur noch historische Studienobjekte und keine formalen Vorbilder mehr sein. Alle antikisierenden deutschen Epigramme klingen heutigentags wie Geklapper; das war mal eine Mode und ist wie alle Moden rettungslos versunken. Den griechisch-römischen Rhythmen, Versformen und Ringkünsten haftete im Deutschen meist der Schweiß bemühten Gehampels an. Unsere phrasendreschenden Rezensenten haben, wenn sie das Buch eines Epigrammatikers besprechen, stets dieselbe Formulierung zur Hand: ‚ein neuer Martial ist das nicht'. Diese Formulierung hätte nur dann eine gewisse Berechtigung, wenn sie als Lob gemeint wäre. Einen neuen Martial kann und darf es nicht geben, denn ein neuer Martial wäre weiter nichts als ein schaler Aufguß. Martial und die Autoren der ‚Anthologia Graeca' und die restlichen antiken Epigrammatiker können heute nur um den Preis der Manieriertheit formal nachgebildet werden, und jeder authentische Epigrammatiker der Gegenwart macht für seine Produktion zur Bedingung, daß nicht mehr antikisiert wird. Dies ist kein Dekret, sondern nur ein Erfahrungsresultat, das wie alle praktischen Regeln gewisse Ausnahmen kennt.

Die dritte Bedingung für die Regeneration des Epigramms ist die Wiedereinführung des Reims. So wie sich in die moderne Malerei zahllose Scharlatane hineingeschmuggelt haben, die nur deswegen ungegenständlich malen, weil sie gar nicht gegenständlich malen können, so haben sich in die moderne Poesie unzählige Laberlyriker hineingedrängt, die weder Metrum noch Reim beherrschen. Große Dichter wie Goethe, Benn, Brecht und Biermann konnten eben beides schreiben, Gedichte mit Reim und Gedichte ohne Reim, während die Bauchwindbeutel überhaupt nichts können. In der Beschränkung auf den Reim zeigt sich erst der Meister – das gilt für die gesamte Lyrik, ganz besonders aber für das Epigramm. Und im Gegensatz zu den antiken Rhythmen und Versformen, die erst mühsam auf die deutsche Tradition aufgepropft werden mußten, ist der Reim das klassische Lebenselixier des deutschen Epigramms. Von Logau bis Erich Kästner waren die großen deutschen Epigrammatiker allesamt auch große Reimkünstler. Und in den übrigen Literaturen sieht es kaum anders aus: von Voltaire bis zu Lec bezeugte jeder hervorragende Epigrammatiker seine Meisterschaft durch zwingende, aber trotzdem ungezwungen wirkende Reime. Reimlose Epigramme, die heute vorwiegend die Domäne talentloser Tendenzliteraten bilden, sind als Ausnahmefälle nur Alleskönnern wie Bertolt Brecht gestattet: „Die Schlechten fürchten deine Klaue. / Die Guten freuen sich deiner Grazie. / Derlei / Hörte ich gern / Von meinem Vers".

Viele moderne Epigramme sind nur versifizierte Aphorismen. Nun ginge das ja noch an, wenn es wenigstens gute Aphorismen wären. Der große Aphoristiker Karl Kraus, der sich auch als uneleganter Papierlyriker versuchte, nahm des öfteren einen Prosagedanken und hängte ihm ungeschickt ein epigrammatisches Fähnchen um, während geborene Epigrammatiker von Anfang an lyrisch denken und formulieren. Doch bleiben bei Karl Kraus, wenn man das Metrum und die Reime wegläßt, immerhin noch originelle Aphorismen übrig, was man von den meisten anderen Aphorismus-Epigrammatikern nicht sagen kann. Zu den rühmlichen Ausnahmen zählt der wohl bekannteste Aphoristiker des vergangenen Jahrhunderts, Stanislaw Jerzy Lec, der auch meisterhafte Epigramme mit Reim schreiben konnte, zum Beispiel diesen Zweizeiler: „Manche Tempel verdienen / Beachtung erst als Ruinen". Und noch ein Lecscher Vierzeiler obendrauf: „Ein Epigramm zu schreiben, sagte der Gewitzte, / dazu gehört nicht viel. / Er setzte sich hin, hustete und schwitzte / und schrieb ein Trauerspiel". Zum Epigramm gehört die leichte Hand, zum Aphorismus die etwas schwerere Pranke. Nur die wenigsten haben zwei verschiedene Hände, um in beiden Gattungen Nennenswertes leisten zu können. Die vierte Maxime für die Erneuerung des Epigramms lautet daher: Nicht Aphorismen ins Epigrammatische übersetzen, sondern mit der rechten Hand gelungene Aphorismen und mit der linken Hand gelungene Epigramme schreiben! Und wenn ein kritischer Elch röhrt, ich selbst werde meinen eigenen Maßstäben nicht ganz gerecht, dann darf ich kurz und linksbündig antworten, daß Kriterien Zielpunkte sind, die man unablässig anzustreben hat. Der längste Atem gehört zum Epigramm, man hat sein Leben lang mit dieser Filigrandezza zu tun. „Zycie jest fraszka, das Leben ist ein Epigramm" (Stanislaw Jerzy Lec).

WEITERE MURIBÜCHER

Ulrich Erckenbrecht
Brief über Chopin
Eine passionierte Einführung in Werk und Wirkung des größten Klavierkomponisten der Weltmusik
224 S., 6,- Euro, ISBN 3922494196

Ulrich Erckenbrecht (Hrsg.)
Shakespeare Sechsundsechzig
Shakespeares Sonett Nr.66
in 132 deutschen Versionen
Erweiterte Ausgabe
264 S., 6,- Euro, ISBN 3922494188

Ulrich Erckenbrecht
Shakespeares 154 Sonette in freier Übertragung
Mit einem Faksimile der Shakespearesonette
nach dem Londoner Erstdruck von 1609
224 S., 6,- Euro, ISBN 392249417X

Hans Ritz
Die Geschichte vom Rotkäppchen
Ursprünge, Analysen, Parodien eines Märchens
Erweiterte Ausgabe
240 S., 6,- Euro, ISBN 3922494102

Ulrich Erckenbrecht
Divertimenti
Wortspiele, Sprachspiele, Gedankenspiele
Versammelte Aphorismen
256 S., 6,- Euro, ISBN 3922494161

Ulrich Erckenbrecht
Die Unweisheit des Westens
Scherflein zur Philosophie und Sprachkritik
Ausgewählte Essays
224 S., 6,- Euro, ISBN 3922494153

MURIVERLAG/Erckenbrecht, Im Weidengarten 19,
D-34130 Kassel